Requiem of the Rose King

Die Königin und der Ritter der Rose 1

Basierend auf »Henry VI« von William Shakespeare

Die Königin und der Ritter der Rose

INHALT

> ### Diese Geschichte erzählt…
>
> … vom Rosenkrieg, der im 15. Jahrhundert in England
>
> stattfand und von den Schicksalen derer, die sich vom goldenen
>
> Ring verzaubern ließen und immer tiefer in die wiederholten
>
> Kriege um den Thron verstrickt wurden.

Kapitel 1

LIEBSTER ...

... WIE DU EINST DEINE ARME UM MICH GE-SCHLUNGEN HAST.

NUN HALTE ICH DEINEN SCHÄDEL...

... EINE INTELLI-GENTE FRAU...

... HAT AUCH IM NACHHINEIN NICHTS ZU BEREUEN.

TRÄNEN WERDE ICH NICHT WEINEN. DENN...

VER-
DAMMTE
ENGLÄN-
DER...

NUN...

WARUM
SUCHT DER
KÖNIG VON
ENGLAND
AUSGE-
RECHNET IN
FRANKREICH
NACH EINER
EHEFRAU?

...VIEL-
LEICHT
DENKT ER,
ER KANN
UNSEREN
GUTEN
HERRN BE-
DRÄNGEN.

BESTIMMT
WILL ER NUR
EINE FRANZÖ-
SISCHE BRAUT,
DAMIT ER SIE
DAHEIM ALS
KRIEGSBEUTE
ZUR SCHAU
STELLEN
KANN.

NEIN!
DAS WER-
DE ICH ZU
VERHIN-
DERN WIS-
SEN...!!

MARGARET!

DIESER
MANN...

... GANZ ANDERS VORGESTELLT.

DEN HABE ICH MIR...

... DAS IST DER KÖNIG DER VERMALEDEITEN ENGLÄNDER!!

VATER...

WILLKOMMEN!

... WARUM EMPFÄNGST DU DIESEN MANN SO FREUNDLICH?!

DER HERR VON ANJOU SCHEINT IHM WOHLGESONNEN ZU SEIN, ODER?

SCHAU DIR MAL DIESEN HERUNTERGEKOMMENEN KASTEN AN!!

SCHEINT SO...

NUR DER RUHM DER VERGANGENHEIT UND UNSER...

... KÖNIGLICHES BLUT BLEIBT DER FAMILIE ANJOU.

... UND GROSSE TEILE UNSERES GEBIETES WÜRDEN VON ANDEREN USURPIERT.

DIE NEAPOLITANISCHE KRONE...

DOSCH

... KOSTBARES GESCHENK!!

NEIN! GROSSMUTTERS ...

WILL VATER WIRKLICH...

... EIN BÜNDNIS MIT UNSEREM FEIND EINGEHEN?

PER

DER ENGLISCHE KÖNIG...

NEHMT MEINE HAND.

... LASST MICH EUCH AUFHELFEN.

FRÄU-LEIN...

TSS...

DER KÖNIG IST AUCH NUR EIN MANN.

BEHALTE EINEN KÜHLEN KOPF, MARGARET.

ZEIG DIESEM MANN NICHT, DASS ER DICH BEUNRUHIGT.

ER WILL, DASS ICH SEINE HAND HALTE?

DIE HAND, MIT DER ER DAS BLUT VIELER MEINER LANDSLEUTE VERGOSSEN HAT?!

HOLT DEN SCHNEI-DER HER!

ᛊGᒼ

BEREITET ES EUCH UNBEHAGEN, DIESE HAND ZU NEHMEN...

... WERDE ICH EUCH NICHT DAZU ZWINGEN.

KÄMPFE!

... DAFÜR SOLL EIN NEUES GE-SCHNEIDERT WERDEN?

ES IST DOCH NUR VER-SCHMUTZT ...

ER SOLL DEM FRÄULEIN EIN NEUES GEWAND ANFERTI-GEN.

GRM

... IST DAS WOHL NUR EINE KLEINIG-KEIT.

ANGE-SICHTS SEINES REICH-TUMS...

»... IST NICHT WÜRDIG, DIE KÜNFTIGE EHE-FRAU DES KÖNIGS VON ENGLAND ZU WERDEN.«

»EINE TOCHTER EINES GESCHEI-TERTEN HAUSES ...«

TAPP

ER HÄLT
MICH ZUM
NARREN.

ERRÖT

VON
ANFANG
AN...

ER
HAT MICH
NICHT EIN-
MAL ERNST
GENOM-
MEN.

AUCH
WENN
ER EIN
KÖNIG
IST.

DABEI
DACHTE
ICH, GE-
GEN IHN
KÄMPFEN
ZU KÖN-
NEN.

LOS!

DABEI WAR SIE SO KÜHN, SELBST VOR EINEM BEWAFFNETEN MANN.

TÖTET DEN DRACHEN DURCH DAS GEBET!

UND DENNOCH BEHIELT SIE IHREN STOLZ...

SIE SCHEUTE SICH NICHT, SICH FÜR ETWAS, DAS SIE BESCHÜTZEN WILL, IN DEN DRECK ZU WERFEN.

WAS?

RA RA RA RATSCH

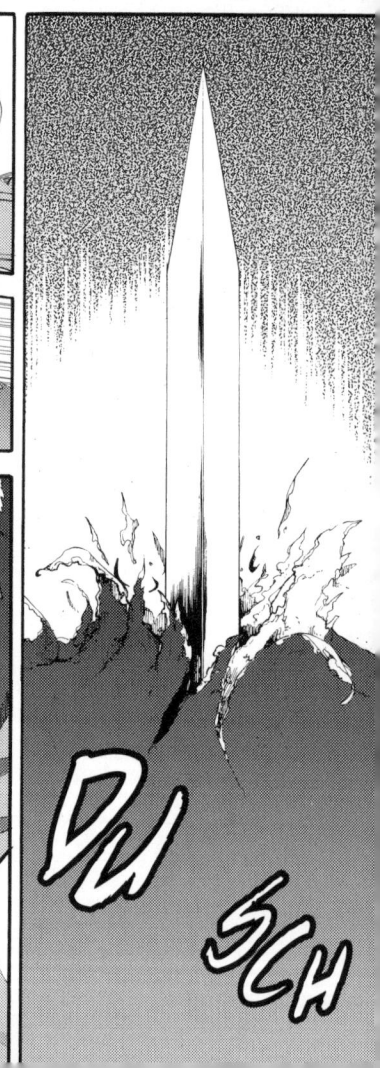

DU SCH

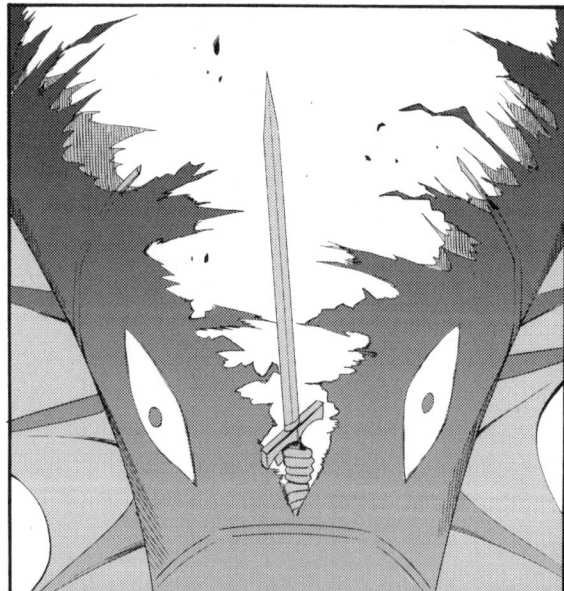

BEI UNS LIESSEN SIE SICH NUR VERKÖSTIGEN.

MIT DER TOCHTER VON ARMAGNAC?

ENDLICH VERLASSEN SIE UNS.

SIE REITEN WOHL DIREKT ZUR VERMÄHLUNG.

ES IST VIEL UNEHRENHAFTER, GEFANGEN GENOMMEN...

SO IST ES BESSER...

...UND ZU IHRER KÖNIGIN GEMACHT ZU WERDEN, ALS ALS GEFANGENE HARTE ARBEIT ZU VERRICHTEN.

LADY MARGARET.

WER IST DAS?

PRIN-ZESSIN MARGA-RET.

NEIN...

WAS IST MIT EUREM BART UND EUREN HAAREN PASSIERT?

VERZEIHT, DASS ICH WEGEN DER REISE SO VERWAHRLOST AUSSAH.

ZUR VERMÄHLUNG KONNTE ICH UNMÖGLICH SO ERSCHEINEN, DA HABE ICH...

... DOCH ICH MÖCHTE, DASS IHR DIESES GEWAND ANNEHMT.

KÜRZLICH HABT IHR ES NICHT ANGENOMMEN...

UND AN DER...

ICH SAGTE BEREITS...

... VERMÄHLUNG TEILNEHMT...

ICH WÜNSCHE, DASS IHR DIESE ROBE ANZIEHT...

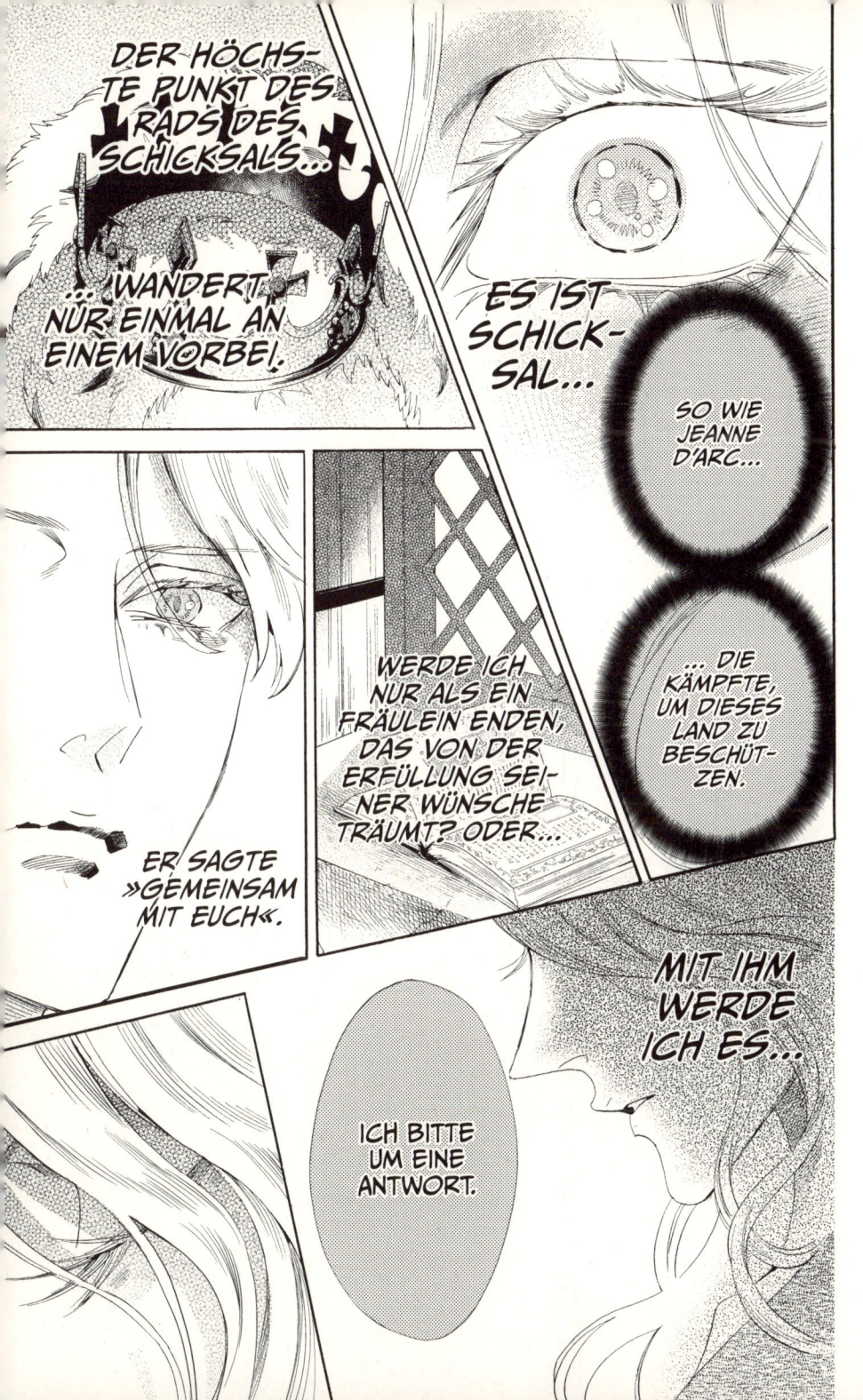

HÄ...

W...

I...ICH SOLL EUCH DOCH...

WARUM?

WARUM KÜSST IHR MICH?

... VON KÖNIG-
LICHER WÜRDE,
DAS VERMÄH-
LUNGSPROZE-
DERE EINLEITEN
UND DEN AKT
VOLLZIEHEN.

ICH SAGTE
IHM, ER SOL-
LE ALS MEIN
VERTRETER IN
FRANKREICH,
NACH EIGENEM
ERMESSEN, MIT
EINER LADY...

ICH KANN
ES KAUM
ERWARTEN,
DICH ZU
SEHEN.

MEINE
KÖNIGIN
MARGA-
RET...

ÄHNLICH JENER JUNG-FRAU...

... KANN ICH NICHT RICHTIG GEHEN...

WEIL DIE KRO-NE SO SCHWER IST...

DIE VON DEN FÜGUN-GEN DES SCHICKSALS GELEITET...

... INS SCHLACHTFELD ZOG, UM ZU KÄMPFEN.

NEIN...

IST ETWAS...?

... MIT DEM NAMEN »KÖNIGS- PALAST«.

AUF ZU EINEM SCHLACHT- FELD...

... MEINE KÖNIGIN.

Ende Kapitel 1

Kapitel 2

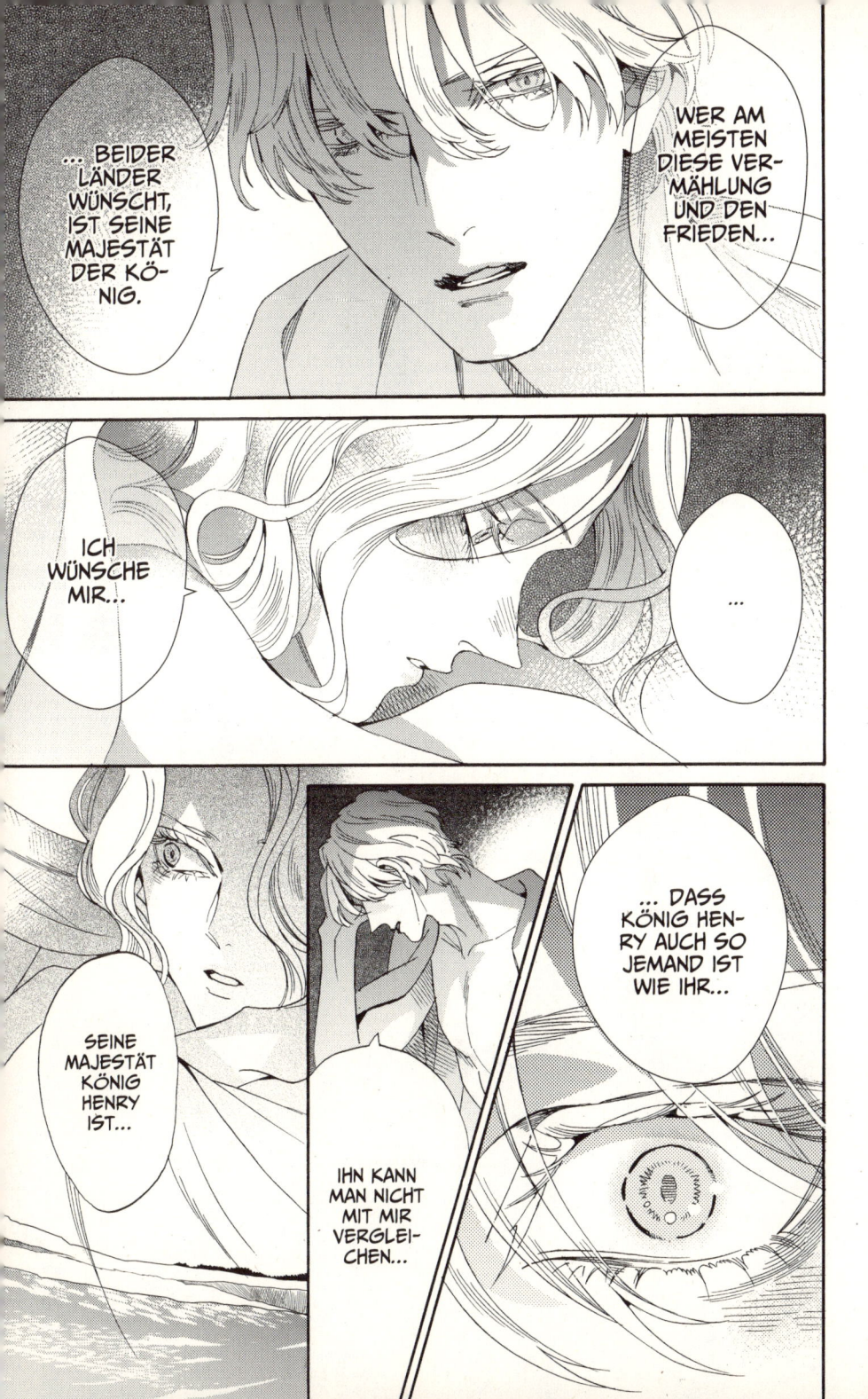

... WIE EIN GE-SANDTER GOTTES.

JA

AH

DAS IST ALSO LONDON.

WELCH EINE GLANZVOLLE STADT.

... DER HERZOG VON YORK.

WAS IST LOS?

WILLKOMMEN ZURÜCK.

LORD RICHARD PLANTAGENET!

UNSER SCHWERT ...

PLÖTZLICH WURDE DER JUBEL LAUTER.

DER GROSSE SAAL IST HIER DRÜBEN.

EURE MAJESTÄT.

...SCHEINT WERTVOLLER ZU SEIN ALS DAS GESAMTE VERMÖGEN DES HAUSES ANJOU.

SELBST DAS WINZIGSTE KLEINOD...

DIE EDLE DAME KOMMT.

ES IST, ALS OB...

RAUN

... ICH IN EINEM MÄRCHEN BIN.

MACHT DEN WEG FREI.

FLEDDER

* ELEANOR COBHAM, HERZOGIN VON GLOUCESTER

SEI NICHT UNHÖFLICH, ELEANOR*.

I...

ICH BIN...

KEINE BANGE!

FÜR EINE MAGD VOM LANDE IST DAS ALLES SICHERLICH ÜBERWÄLTIGEND.

DAS IST DIESE LADY MARGARET.

... WERDE DICH BEI HOFE EINFÜHREN!

ICH, HERZOGIN VON GLOUCESTER...

IHR SEID DAS ALSO?

ACH...

IHRE MAJES-TÄT!

WIE?

LORD GLOUCES-TER!

DIESE RESPEKT-LOSIGKEIT GEHT ZU WEIT.

ICH FINDE ES UNBOTSAMER, SICH DIE FREI-HEIT ZU NEHMEN, EIN WEIB NACH EIGENER VORLIE-BE EINFACH ZUR KÖNIGIN ZU MACHEN.

TS!

MACHT EUCH NICHTS DARAUS.

ER IST ERZÜRNT, DA DIE VERMÄH-LUNG MIT DER TOCHTER VON ARMAGNAC ...

... DIE ER VORAN-GETRIEBEN HAT, NICHT ZUSTANDE KAM.

WER SIND DIESE PERSONEN?!
ZÄHMT EURE ZUNGE, KORRUPTER KARDINAL!
ICH WEISS, DASS IHR SUFFOLK MANIPULIERT UND VERSUCHT, SO DIE GUNST DES KÖNIGS ZU ERHASCHEN!
ARGWÖHNISCHER GESELLE!!
MIT DIESER DENKE SEHT IHR NUR FEINDE UM EUCH HERUM!
WAS IST DAS FÜR EIN SCHAMLOSES BETRAGEN...?
HÖRT AUF, IHR BEIDE!
SEINE MAJESTÄT IST ANWESEND.

... HIER GESPIELT ...?

WAS WIRD...

... WELCHER MIT DER VERMÄHLUNG ABGESCHLOSSEN WURDE.

... DER WAFFENSTILLSTAND MIT FRANKREICH...

MYLORD.

UNSERE JUNGE MAJESTÄT IST DEN STAATSGESCHÄFTEN NOCH NICHT GEWACHSEN.

!

DIES IST...

ICH WERDE ES WIE ÜBLICH ÜBERPRÜFEN.

...

GUT, DASS ICH EBEN ZUR STELLE WAR.

WAS IST NUR ... MIT DIE- SEM LAND LOS?

SUFFOLK ...!

UND BIN ICH NUN EINE VASALLIN DIESES EHEPAARS?

IST DER KÖNIG EIN SCHÜLER VON DIESEM GLOUCESTER?

DER RANGNIEDRIGSTE HÖFLING HAT IMMER NOCH MEHR MACHT ALS DER KÖNIG!

UND YORK, DER ERZFEIND VON FRANKREICH.

DAZU DIESER ANMASSENDE PRIESTER!!

WIE EIN KLEINER VOGEL ...

LORD HENRY ...

...

... GEFANGEN IN EINEM DORNENKÄFIG, DER NICHTS ANDERES KENNT, ALS SANFT ZU ZWITSCHERN.

... WURDE SEIT SEINER KINDHEIT STETS VON DER LAST DES KÖNIGSEINS UND DEN MACHTKÄMPFEN UM IHN HERUM GEMARTERT.

IN DIESEM LAND...

... HAT NICHT DER KÖNIG DIE MACHT.

... NEIGT JEDER VOR MIR SEIN HAUPT.

DOCH JETZT...

... DIE KAMMERZOFE DER GEMAHLIN VON GLOUCESTER.

ICH WAR EINST...

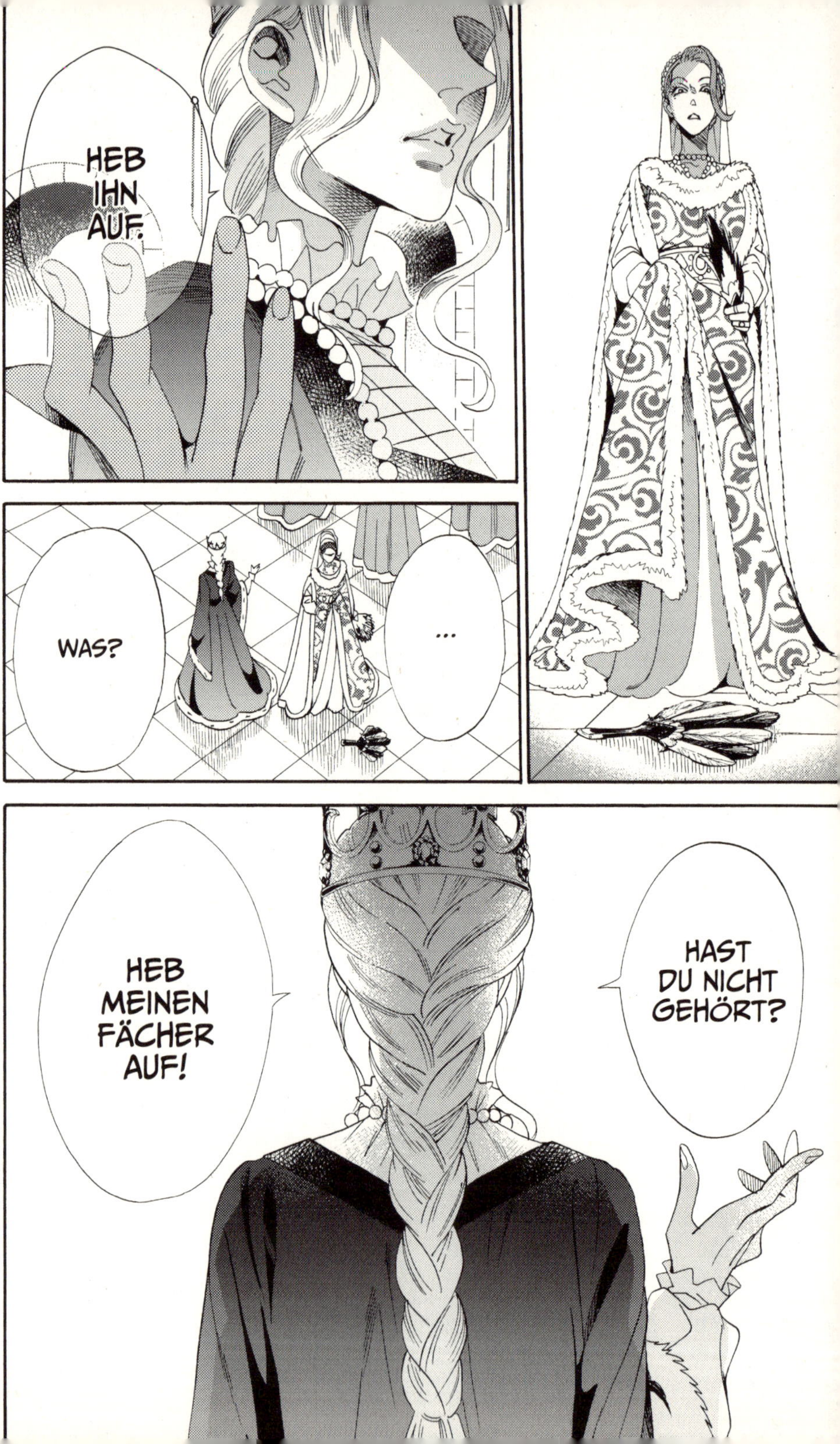

HEB IHN AUF.

WAS?

...

HEB MEINEN FÄCHER AUF!

HAST DU NICHT GEHÖRT?

Kapitel 3

FWOH

WENN NICHT SO VIEL WIND WÄRE, WÜRDE ER NOCH WEITER FLIEGEN, ABER...

NATÜR-LICH. ES IST EIN EDLER SPORT.

DAS IST DER FALKE DES HERZOGS VON YORK.

TROTZ DES WINDES FLIEGT ER SO HOCH...

EINE WAHRLICH KÖNIGLICHE AUSSTRAH-LUNG...

WEM GEHÖRT DIESER FALKE?

»ALSO DER FEIND FRANK-REICHS.«

DAS IST DOCH DER...

FLATTER

VORSICHT!

OH!

EIN GEFÄHRLI-CHER UND SCHÖNER MANN WIE EIN FALKE ...

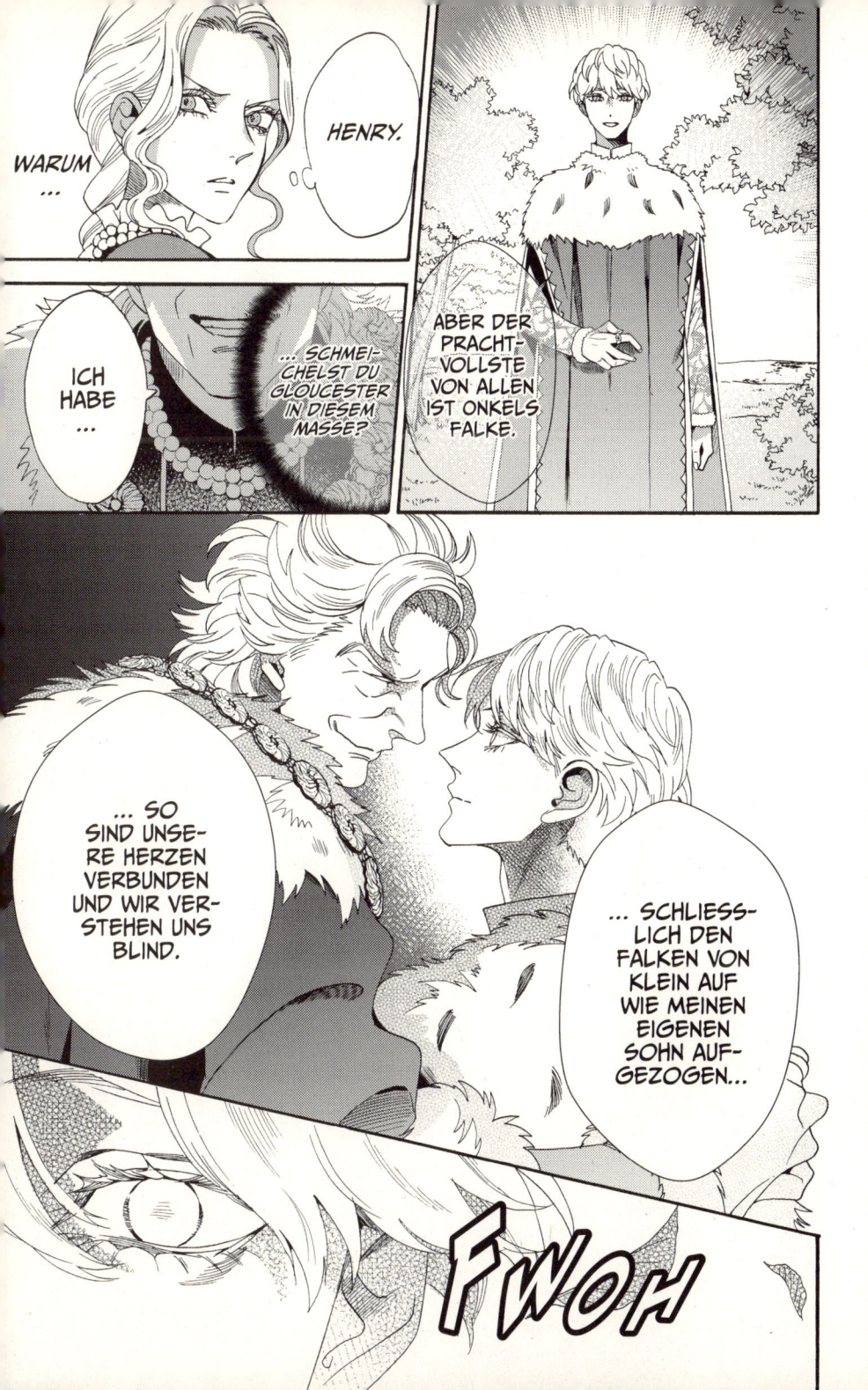

SEIN EHRGEIZ IST SO GROSS, DASS ER NICHT MEHR WEISS, WO SEINE GRENZEN SIND.

GEWISS, ER ÄHNELT SEINEM HERRN SEHR.

RAUSCH

SO IST ES, ON-KEL...

ICH WEISS NICHT, WAS IHR MEINT ...? ES IST DOCH EURE MAXIME, DEN »HIMMEL« ANZUSTREBEN.

DER HIMMEL IST DAS ZIEL EINES JEDEN MENSCHEN...

WIE?! ES GIBT KEINEN GRÖSSEREN FREVEL, ALS DASS DER GRÖSSTE EHRGEIZLING ÜBER RELIGION REDET!

ES IST NATÜRLICH BESCHÄMEND, WENN IHR NICHT EINMAL WIE EIN FALKE GEN HIMMEL STREBEN KÖNNT.

WIE DU ES AUCH VERBERGEN MAGST, »LORDPROTEKTOR«, DEIN HOFVERRÄTERISCHER PLAN QUILLT NUR SO AUS DIR HERAUS.

DOCH SEIN ZIEL LIEGT AUF ERDEN! WAS DU ANSTREBST, IST DOCH EINZIG DIE KRONE, DIE DER KÖNIG TRÄGT.

SELBST ALS GOTTESDIENER BIST DU NICHT IN DER LAGE, BEI EINER HEILIGEN FALKENJAGD, DEINEN PERSÖNLICHEN GROLL ZU UNTERDRÜCKEN, DU FALSCHER PRIESTER!!!!

SOLANGE ER SICH NICHT ÄNDERT...

ABER NICHT, SIE ZU JAGEN ODER KÄMPFEN ZU LASSEN.

ICH MAG ES, DIE VÖGEL AM HIMMEL FLIEGEN ZU SEHEN...

... WIRD DIE HERRSCHAFT VON GLOUCESTER NICHT ENDEN.

SCHLIESSLICH SEID IHR DER KÖNIG.

WENN IHR DAS NICHT WOLLT, MÜSST IHR ES NUR SAGEN.

WIE MÖCHTET IHR GERNE SEIN?

HENRY.

LASST UNS DORTHIN GEHEN, WO IHR GERNE HINWOLLT.

»ER WURDE SEIT SEINER JUGEND STETS VON DER LAST DES KÖNIGSEINS UND DEN MACHT-KÄMPFEN UM IHN HERUM GEMAR-TERT.«

DABEI WILL DOCH JEDER DEN THRON BESTEIGEN, AUCH WENN ER SEINE SEELE VERKAUFEN MUSS.

... JEMAND, DER KEIN KÖNIG IST.

... NOCH NIE ETWAS ANDERES...

... ALS EIN KÖNIG.

DIESER MANN WAR...

SUFFOLK!

MAJESTÄT!!

DAS IST ES!

SUFFOLK.

GOTT SEI DANK!

IHR SEID BEIDE WOHLAUF.

...WIE KANN ICH SEINEN WUNSCH ERFÜLLEN?

ABER...

KÖNNT IHR...

...FÜR EINE WEILE DEN »KÖNIG« SPIELEN?

ER SIEHT SO NOBEL AUS. GANZ ANDERS, ALS ES DIE GERÜCHTE BESAGEN.

ER HAT MICH ANGESE-HEN!

KYAAH

LÄCHEL

ICH HÄTTE MICH DOCH NICHT VERKLEIDEN MÜSSEN.

HIHI.

HÄTTE ES NICHT GEREICHT, WENN ER EINFACH MEI-NE KLEIDUNG GETRAGEN HÄTTE?

DIE KÖNIGIN IST AUCH DABEI.

WIE NIEDLICH ...

SEHT!

SEIN GEFOLGSMANN WIRD NICHT VON SEINER SEITE WEICHEN.

DIE SCHAFE WERDEN GESCHOREN!

DIE KLEIDUNG DES KÖNIGS STEHT EUCH.

TROTZDEM... ICH KANN IHN MEIN PFERD NICHT FÜHREN LASSEN...

ALSO, WENN IHR DABEI SEID, IST ES DOCH SICHER, ODER?

...ICH SOLL EUCH HEIRATEN.

DESWEGEN DACHTE ICH DAMALS...

TAG FÜR TAG SITZE ICH HIER UND ZEICHNE LINIEN IN DIE ERDE.

ICH SITZE HIER NUR.

... MACHST DU DA?

WAS...

... ABER MEINE AUGEN UND BEINE WURDEN LAHM.

EINST WAR ICH EIN SCHÄFER...

DAS MACHST DU DEN GANZEN TAG?

DER SCHMERZ DES VOLKES...

...

... IST DER DES KÖNIGS.

ALLES GESCHIEHT NACH GOTTES WILLEN.

IST ES HART FÜR DICH?

GNÄ-DIGER HERR...

... ICH BIN BLIND...

HEY DU.

... SEIN RING!

DAS IST DOCH...

HAST DU UNSERE MAJESTÄT DEN KÖNIG GESEHEN?

ES IST GAR NICHT SO EIN-FACH...

... IHR SEID ZU ZAGHAFT.

HERR GEFOLGS-MANN...

RAT

SCH

ER KANN LAUFEN! ER IST EIN SCHWINDLER!

...

SEHT IHN EUCH RICHTIG AN.

MAJESTÄT.

DENN IHR WERDET VON DIESEM WEIB GETÄUSCHT.

IHR HABT DOCH KEINE AHNUNG!

... KEHRT MIT MIR, GLOUCESTER, ZU DEN ANDEREN ZURÜCK.

SO...

... VON DER FRANZÖSISCHEN HEXE ZURÜCKHOLEN...

WIR MÜSSEN DEN KÖNIG SOFORT ...

... DIESER SCHAMLOSEN PLÜNDERIN DIE STRAFE ERTEILEN, DIE SIE VERDIENT!!

WIR WERDEN MIT UNSEREN EIGENEN HÄNDEN...

Ende Kapitel 3

Kapitel 4

MEIN ONKEL IST SICHER SEHR ER- ZÜRNT...

...

... IST ALS PERSON SO, WIE DU SIE MIR BE- SCHRIEBEN HAST.

MARGA- RET ...

DARÜBER MÜSST IHR EUCH KEINE GEDANKEN MACHEN.

GRADLINIG, STARK UND STOLZ ∞

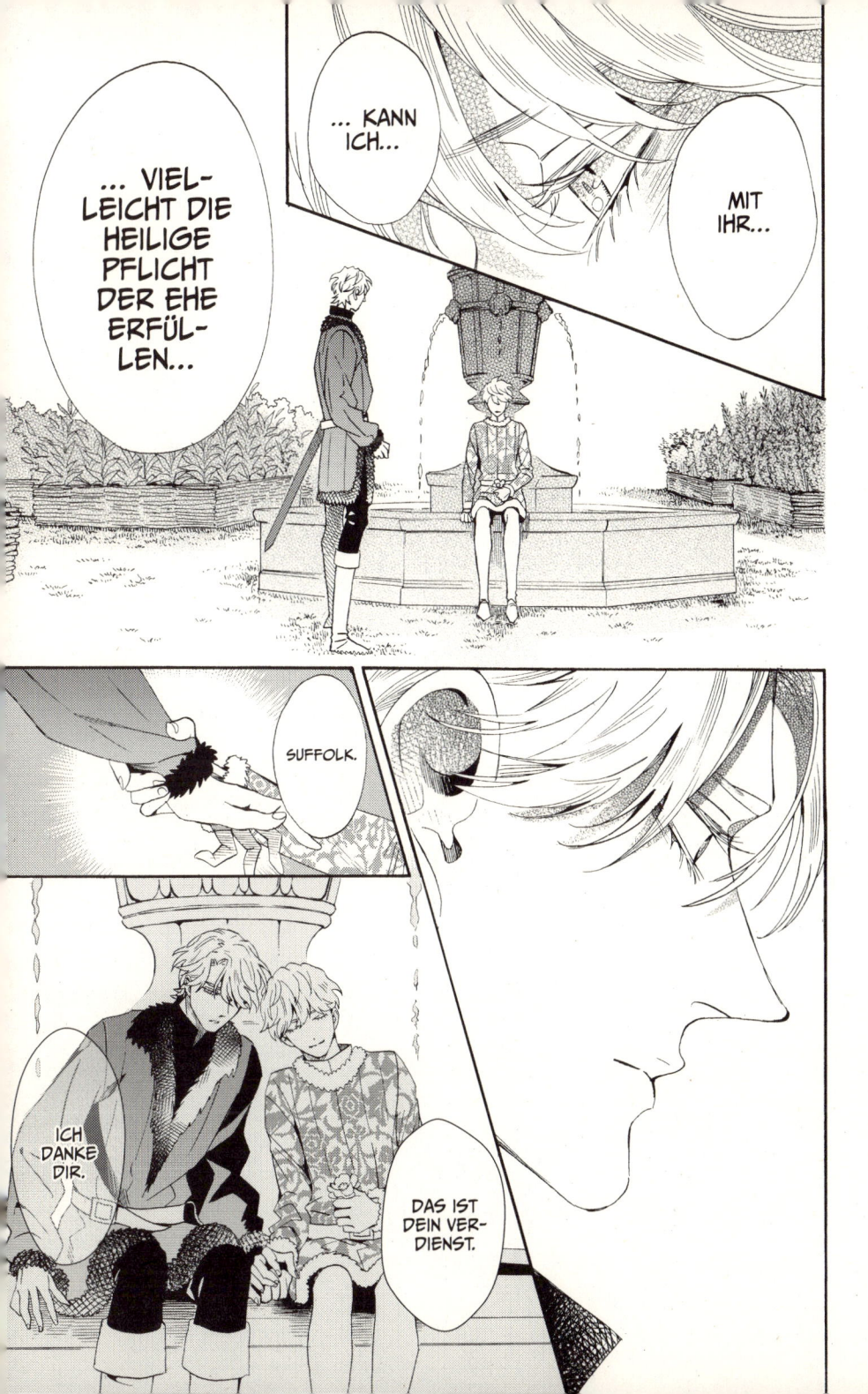

...

EUER
BEIDER
GLÜCK
IST...

... DAS
MEINIGE
...

DIE
PFLICHT...

... DER
EHE...

HENRY...

... UND
ICH...?!

...

EINE EUCH NACH-GEAHMTE WACHSFIGUR.

SIE FAND SIE IM WASSER DES SPRING-BRUNNENS.

ICH HÖRTE, ES GIBT EINE WACHSFIGU-RENMAGIE, MIT DER MAN MENSCHEN DAS LEBEN RAUBEN KANN.

EINER, DER IM DIENST DES HER-ZOGS VON GLOUCES-TER STEHT.

EIN AS-TROLOGE ERZÄHLTE DIES MAL BEI EINEM BANKETT.

...

WOHER WISST IHR DAVON?

NEIN!!

... ALS WIE EIN KLEINER VOGEL...

WIE IHR SAGT...

... IM KÄFIG NUR ZU KLAGEN?

... MÜSSEN WIR UNS NICHT MEHR ZURÜCKHAL- TEN.

... ÜBER- SCHREITET ER VON SICH AUS DIE GREN- ZE...

... BISHER HABEN WIR AUF DIE GE- FÜHLE UNSE- RES KÖNIGS RÜCKSICHT GENOMMEN ...

... UND DIE TYRANNEI VON GLOUCESTER GEDULDET.

... DER DIE NEUTRALITÄT WAHRT, ABER IN PUNCTO MILITÄRISCHER EINSTELLUNG GLOUCESTER NAHESTEHT.

DA IST EIN MANN...

IHR FÜHRT ETWAS IM SCHILDE, NICHT WAHR?

JEDOCH ...

SEINE EXZELLENZ, DER LORD-PROTEKTOR, VERSUCHT VERZWEIFELT SEINE POSITION ZU FESTIGEN.

ES GEHT UM DIE GEWISSE SACHE ...

...

BUCKINGHAM.

GLOUCESTER HAT DIESEN TITEL DOCH SCHON LÄNGST VERLOREN.

GLOUCESTERS AUSFALL BEI DER FALKENJAGD WAR...

... DERMASSEN HEFTIG, DASS ER FAST ZU REBELLIEREN SCHIEN.

DIE KÖNIGIN ÜBERNAHM KÜRZLICH DIESE POSITION.

ACH JA.

IHR UNTERSTÜTZT DOCH NICHT ETWA SEINE TYRANNEI...

...

...RICHARD?

WAS WOLLT IHR DAMIT SAGEN?

LÄCHEL
MEINE GEMAHLIN SPRICHT DAUERND VON EURER GEMAHLIN.
SIE WÜNSCHT SICH, IHRE SCHWESTER WIEDER EINMAL ZU SEHEN.
VIELLEICHT GESELLT SICH SALISBURY DAZU. DAS KÖNNTE DIE BINDUNG UNTER GESCHWISTERN STÄRKEN.
IM ERNST-FALL ...
... IST DIE BINDUNG DES BLUTES STÄRKER ALS ALLES ANDERE.
VERGESST NICHT.
...

... WAS ICH EUCH SAGEN KANN.

DAS IST SCHON ALLES...

... PENDELT IN LETZTER ZEIT STÄNDIG ZWISCHEN IHM UND DER STADT.

GLOUCESTERS SEKRETÄR...

ICH DANKE EUCH, BUCKINGHAM.

DANN NEHMEN WIR DIESEN SEKRETÄR UNTER DIE LUPE.

DAS IST GENUG.

* ASTRONOMISCHES GERÄT, UM DIE POSITION VON HIMMELSKÖRPERN ZU BESTIMMEN

... MORGEN ABEND DIE GEWISSE PERSON IN DEN WALD IN DER NÄHE DES HERR-SCHAFTSSITZES.

DANN BRINGT IHR...

UND ICH WERDE ...

DER ASTRO-LOGE!

... DIE HEXE VON AYR MITBRIN-GEN.

DIE HEXE...?!

WER IST DA?!

RATTAM

EINE GUTE NACHRICHT...
WARUM SEID IHR EINFACH VERSCHWUNDEN, OHNE MIR BESCHEID ZU GEBEN?

JA...

... GLOUCES-
TER IST DER
»WAHR-
SAGEREI«
ERGEBEN.

... DAS
FEST DER
HEXEN!

... KOMMT
GLOUCES-
TER...

ICH WEISS
ABER NICHT,
WAS ER MIT
IHR VORHAT!
DAS IST DIE
WAHRHEIT!

ABER
DIES IST
DAS ERSTE
MAL, DASS
ER EINE
HEXE
TRIFFT.

... IN
DIESEN
WALD...

HEUTE
NACHT...

... UND DIE KÖNIGIN MIT EINEM FLUCH ZU BELEGEN.

... UM SICH MIT DER HEXE ZU TREFFEN...

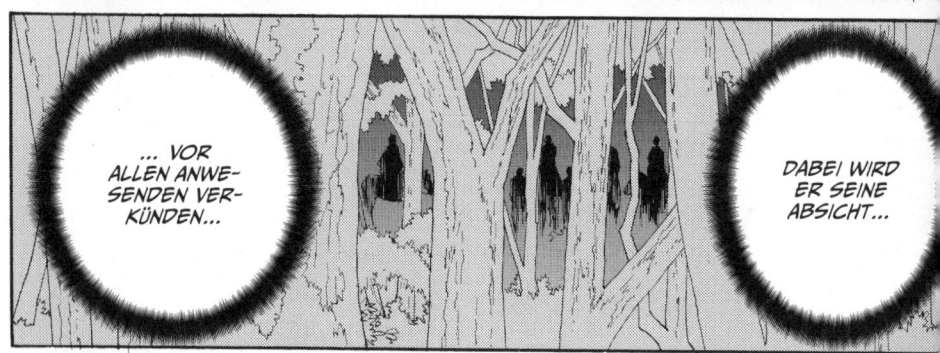

... VOR ALLEN ANWESENDEN VERKÜNDEN...

DABEI WIRD ER SEINE ABSICHT...

... EIN UNWIDERLEGBARER BEWEIS.

... UND DIES GILT ALS...

... DASS DIE- SE HEXE DIE PERSON IST, DIE ER VER- FLUCHEN WILL.

ABER ER WEISS NICHT...

ICH WILL AUS GLOUCES- TERS MUND SEINEN VERRAT ERFAHREN.

DAS IST VIEL ZU GE- FÄHRLICH!

NUR IHR UND BUCKING- HAM WISST, WER AN DIE- SEM ABEND DIE »HEXE« SPIELT.

... DAVON ERFAHREN.

KEIN ANDERER DARF...

ELEANOR...?!

GLOUCES-
TER SOLLTE
DOCH HER-
KOMMEN.

WARUM
IST SIE
HIER?

ES
GIBT TAT-
SÄCHLICH
HEXEN.

HÖR
MAL...

AHA.

ES
WIRD
DOCH
NICHT
ETWA
...

... ZEIG MIR DOCH WENIGSTENS DEIN GESICHT.

... DA WIR DAS GLÜCK HABEN, UNS KENNENZULERNEN ...

... DURCHGESICKERT IST?

UND WENN DIE INFORMATION ...

... UNTER UNS EIN VERRÄTER IST ...?

WENN ...

DANN
WERDE ICH
WEGEN HE-
XEREI...

... UND DES
VERBRECHENS
DER VERFLU-
CHUNG GE-
RICHTET.

EINE DÜSTERE SCHICKSALSGESCHICHTE, BASIEREND AUF DEN HISTORISCHEN DRAMEN »HEINRICH VI« UND »RICHARD III« VON SHAKESPEARE!!

薔薇王の葬列

菅野 文
AYA KANNO

17

Requiem of the Rose King

発行：秋田書店

PC PRINCESS

Die Zeit der Rosenkriege. Der dritte Sohn des Hauses York, Richard, hütet ein Geheimnis. Richard' der sich selbst für verflucht hält, wird vom Schicksal gelenkt und färbt seine Hände ebenfalls mit Blut... Was nun folgt, sind die Geschichten aus »Requiem of the Rose King«.

ER MUSS NICHT MIT DER SCHNAUZE IM BODEN NACH NAHRUNG WÜHLEN.

WEISSES IST EIN EBER DES ADELS.

Weißes' Depeschen 1

MIDDLEHAM CASTLE

ICH KANN WEIS- SES NICHT FINDEN.

WILD- SCHWEINE SIND EHER SCHÜCHTER- NE TIERE.

DER GRAF VON WAR- WICK IST GERADE MIT EINEM GAST INS SCHLOSS EINGEKEHRT.

GRUND- SÄTZLICH ...

... VERSTE- HEN SIE SICH NICHT MIT DEM MENSCHEN.

TSCHACK

EIN MIT-
BRINGSEL
AUS FRANK-
REICH...

SCHMATZ

KULLER

DU...

...

AM ENDE WIRD MAN DICH NOCH FÜR DIE SCHLACHTPLATTE ZUBEREITEN.

... HAST GANZ SCHÖN ZUGELEGT, SEITDEM WIR IN MIDDLEHAM SIND.

WEISSES...

HEUTE KAM EIN FREMDER HIER AN ...

ER MUSS NICHT MIT DER SCHNAUZE IM BODEN NACH NAHRUNG WÜHLEN...

... IM GEGENSATZ ZU ANDEREN WILD-SCHWEINEN.

UND TROTZDEM WÜHLT ER.

ARGH?!

Weißes' Depeschen 1/Ende

Weißes' Depeschen 2

DAS IST WEISSES.
DAS WEISS ICH...
ABER...
... HAT ER FRÜHER NICHT DRAUSSEN GESCHLAFEN?
ZU KALT.
...
UND DU LÄSST IHN IN DEINEN GEMÄCHERN SCHLAFEN?
IST DAS IRGENDEIN PROBLEM?

WEIS-
SES,
NICHT
SO...

RUHIG!

ICH
BRINGE
DAS ESSEN
FÜR WEIS-
SES.

...SCHLIN-
GEN!

KLAPPER

GRUGRUNZ

BEREITE
EIN EI-
GENES
GEMACH
FÜR DAS
SCHWEIN
VOR.

CATES-
BY, MEIN
WORT GILT
AUCH.

Weißes' Depeschen 2/Ende

Requiem of the Rose King

Die Königin und der Ritter der Rose

Ein teuflisch guter Butler...

Black Butler

»Als Butler der Phantomhives sollte ich so etwas schon beherrschen!« So lautet das Motto von Sebastian, dem Butler der alteingesessenen englischen Adelsfamilie Phantomhive. Ob es nun um Wissen geht oder um Würde, um Tanzunterricht, Kochen oder Kampfkünste... in allem ist er perfekt! Und in Gegenwart seines gerade mal 12-jährigen Herrn flattern seine Frackschöße beflissen hin und her. Mit »Black Butler« präsentieren wir Euch einen Manga, der zu schwarzem Tee passt wie kein Zweiter auf der Welt...

KUROSHITSUJI © 2007 YANA TOBOSO / SQUARE ENIX

Black Butler
von Yana Toboso

HALT!

Dieser Comic beginnt nicht auf dieser Seite.

REQUIEM OF THE ROSE KING ist ein japanischer Comic.
Weil wir bei Carlsen Manga so originalgetreu wie möglich übernehmen, erscheint
auch REQUIEM OF THE ROSE KING auf Deutsch in der ursprünglichen Lese-
richtung. Man muss diesen Comic also »hinten« aufschlagen und Seite für Seite
nach »vorn« weiterblättern. Auch die Bilder auf jeder Seite und die Sprechblasen
innerhalb der Bilder werden von rechts oben nach links unten gelesen.
Das ist gar nicht so schwer!

Viel Spaß mit
DIE KÖNIGIN UND DER RITTER DER ROSE, BAND 1!

Wir produzieren nachhaltig
• Klimaneutrales Produkt
• Papiere aus nachhaltigen und kontrollierten Quellen
• Hergestellt in Deutschland

Carlsen Manga! News – jeden Monat neu per E-Mail!
www.carlsenmanga.de
www.carlsen.de

MIX
Papier | Fördert gute Waldnutzung
FSC® C014496
FSC www.fsc.org

CARLSEN MANGA • Deutsche Ausgabe/German Edition • © 2024 Carlsen Verlag GmbH • Völckersstraße 14–20 •
22765 Hamburg • Aus dem Japanischen von Alexandra Klepper • BARAOU NO SOURETSU OHHI TO BARA NO KISHI
volume 1 © AYA KANNO 2022 • Originally published in Japan in 2022 by Akita Publishing Co., Ltd. • German translation
rights arranged with Akita Publishing Co.,Ltd. through TOHAN CORPORATION, Tokyo.• Textbearbeitung: Justin Aardvark •
Redaktion: Britta Hellwig • Produktionsmanagement: Björn Liebchen • Alle deutschen Rechte vorbehalten • ISBN:
978-3-551-73059-6